K.

VLADIMIR LIFSCHUTZ

K.

© 2021, Vladimir Lifschutz
Couverture : Arnaud Tourangin
Édition : BoD – Books on Demand
12/14 rond-point des Champs-Élysées, 75008 Paris
Impression : BoD - Books on Demand, Norderstedt, Allemagne
ISBN 9782322173914
Dépôt légal : juin 2021

« *Les joies fécondent, les peines accouchent.* » William Blake

À Jean et Jacqueline, mes grands-parents.

Personnages

ROBERT FRANCIS KENNEDY "BOBBY"
ETHEL KENNEDY

Ce spectacle fut créé autour d'un mélange des arts : le théâtre, la danse et la projection vidéo sont au cœur du dispositif. L'ensemble des autres personnages sont perçus par le regard du comédien et de la comédienne. Certains protagonistes sont joués par le public.

La création de K. a eu lieu le 15 octobre 2019 à Lyon au Théâtre de l'espace 44,

Mise en scène de Julien Reneaut

Avec
Eugénie Leclercq
Vladimir Lifschutz

Lumière de Sébastien Wachowiak
Son de Clément Szebenyi

Production Compagnie 34-14

K. Une seule initiale. Celle d'un nom célèbre. Suffit-elle à l'évoquer ?

Les années Kennedy. Pour l'historien comme pour beaucoup de gens, il s'agit d'une époque extraordinaire. Au-delà des événements, connus et ressassés, c'est toute une fresque sociale qui s'anime et des énigmes non-résolues qui resurgissent. Cette pièce va-t-elle apporter un éclairage nouveau, voire des révélations ?

La salle du théâtre s'éteint. Par la magie du silence et de l'obscurité, le spectateur se libère de ses attentes. Ne reste que celle immédiate qu'apparaisse le décor, les acteurs, que commence leur histoire, à part entière pour le temps du spectacle…
Robert F Kennedy a marché dans les pas de son frère John. Il l'a accompagné tout au long de sa campagne présidentielle. Certains ont même vu en lui un guide de son aîné. Et durant sa présidence, il était à ses côtés, le conseillant, l'influençant, puis assumant passionnément le rôle de procureur général qu'il lui a attribué. Au-delà de leurs liens familiaux, les vies privées de ces deux hommes se sont confondues avec la vie politique des États-Unis.

Jusqu'à quelle intimité ? Les sources disponibles ne la laissent que supposer.
K suppose, et concrétise du coup, à partir de la rencontre entre Ethel et Robert, notre entrée dans l'intimité de ces deux personnages-là. Être avec eux

10

dans les moments les plus forts d'une vie de couple quand se décident des événements qui ont tant marqué leur temps. Oser imaginer ce qu'ils se sont dit dans ces moments-là. Comment ils se sont regardés. Comment ils se sont supportés – dans le sens français, mais surtout anglais : comment ils se sont soutenus. Enfin, surtout, tellement, comment ils se sont aimés.

Robert F Kennedy a tenu de bien nombreux discours historiques. Il a écrit (peu finalement : lui a-t-il manqué le temps ?). Il a été filmé dans tant de situations. Il a été photographié, y compris par des reporters talentueux : la famille en garde des archives inépuisables.

Et Ethel ? Elle est présente à ses côtés en public dans les moments les plus solennels. On l'entend peu s'exprimer, mais des photographies ont immortalisé des regards parfois si expressifs.

Expressifs de quoi ? Enfin K lui donne la parole. Autant qu'à Robert – peut-être même un peu plus qu'à lui…

K offre à Ethel l'occasion d'exprimer son admiration, partagée par tant d'autres, pour la famille Kennedy. D'abord pour John, sa figure phare. Mais cette figure est rendue inaccessible par son prestige voire sa personnalité-même… Alors, lorsque Robert se trouve devant elle, bien humain, c'est vers lui que se tourne son attention. Et s'y arrête, prend racine, se développe en affection. Et aboutit à un partage de destin.

A son tour Ethel accompagne Robert dans son ascension politique. Elle le soutient, l'adule autant que le lui inspire ses points de vue, ses succès... et ses sentiments pour lui. Mais elle revendique, au nom de ces mêmes sentiments, une loyauté et une exclusivité à leur mesure...

K dévoile à quel point la perspective d'Ethel manque dans ce que l'on sait sur ce couple – et que sa survivante à ce jour ne souhaite vraisemblablement pas que l'on sache ? Pourtant ce que K dévoile, c'est avant tout la ténacité, l'efficacité, l'énormité de l'amour qui tient ce couple.

Ou n'est-ce déjà plus ce couple ? Le décor, les costumes, les voix off d'enregistrements fameux, quelques images encore, tout veut nous garder dans le cadre de cette famille et cette époque K. Mais Eugénie et Vladimir, devant nous, sont devenus les personnages qui se parlent, qui se regardent, se confrontent, se rassurent, pensent à l'autre quand il n'est pas là. Ils sont là, alors qu'Ethel et Robert sont si loin finalement : dans l'histoire, aux États-Unis, emballés dans un mythe, disséqués par tant de biographies, de films, d'essais, qui se réfèrent autant que possible aux morceaux d'archives existants, voire qui extrapolent, voire même disposent librement de ce que l'imagination ajoute aux faits connus...

Sur la scène, Eugénie et Vladimir sont émouvants. Tels qu'elle et ils jouent, rendant palpables et présents ces moments enfouis de l'Histoire, au point d'être insoutenables quand le tragique, pourtant bien attendu, survient.

Avons-nous besoin du théâtre pour compléter le réel ?
Je suis un passionné de Robert Kennedy et je croyais assez en savoir sur lui pour devenir pour ainsi dire un de ses porte-parole. K m'a d'abord replongé dans le flou des mystères qui entourent son histoire. Mais finalement j'en suis ressorti avec l'impression de le connaître bien mieux encore. Pourtant K est une fiction ! C'est l'homme en moi qui a laissé l'historien de côté.

K nous donne ce que nous voulons savoir, ressentir, pour comprendre cette histoire, l'Histoire.

Les années Kennedy évoquent une Amérique idéalisée, déchirée pourtant dans un monde en plein danger de cataclysme nucléaire. Cette menace a-t-elle aujourd'hui été déjouée ? Remplacée par quelques autres plutôt… Et les présidents et leur famille qui s'y sont succédés, que nous ont-ils laissé après John et Robert ?

K inspire une nostalgie certaine, à même de nous faire oublier T, les B père et fils ou autre R, en espérant que le B d'aujourd'hui, à la suite d'O, redonne aux États-Unis cette grandeur, cette profondeur, cette inspiration-là…

L.
Wetzikon, mai 2021

13

ACTE 1

Dans un dancing, la musique de Gene Vincent "Race with the devil" envahit l'espace sonore. Sur scène, une toile blanche est tendue en fond de salle. On peut ainsi apercevoir l'ombre d'Ethel, la vingtaine, qui se prépare à faire son entrée. Ethel arrive seule dans l'attente de son rendez-vous. Elle patiente quelques instants avant d'apercevoir un homme. Elle vérifie qu'elle est à son avantage. L'homme passe à côté d'elle sans la regarder et rejoint une autre femme. Ethel, vexée, le regarde. Bobby, la vingtaine, passe devant la toile blanche, il recoiffe sa mèche et entre. Son regard parcourt la pièce avant de s'arrêter sur Ethel. Il s'approche d'elle.

BOBBY : Je suis désolé, il ne viendra pas.

ETHEL : *(le regardant)* Et vous êtes le messager ?

Bobby acquiesce, mal à l'aise.

ETHEL : Vous faites ça souvent ?

BOBBY : Pardon ?

ETHEL : Le sale boulot de votre frère.

Bobby est surpris, il hésite à répondre.

BOBBY : Ça arrive.

ETHEL : *(Entre la colère et la contenance)* Et comment je m'en sors ? Je veux dire, d'habitude, les jeunes femmes vous insultent ?
Un temps.

BOBBY : Ça arrive.

ETHEL : Si ça se produit, comment réagissez-vous ?

BOBBY : Je les laisse faire.

ETHEL : Et si ça s'éternise ?

BOBBY : *(Sérieux)* Je leur propose une compensation.

ETHEL : J'en étais sûre ! *(Déçue d'elle-même)* Et moi qui n'ai même pas pensé à vous faire un numéro de tragédienne éconduite ! On peut recommencer depuis le début ?

BOBBY : *(hésitant sur la réaction)* Je ne suis pas sûr…

ETHEL : *(Elle le coupe)* Je plaisante ! Tout va bien. Votre frère a du charme, j'avais rendez-vous avec une première impression, je m'en suis faite une seconde. Le charme n'interdit pas d'avoir de bonnes manières.

BOBBY : Il m'a chargé de vous dire qu'il n'était plus libre ce soir.

ETHEL : Oui, il a visiblement beaucoup mieux à faire.

BOBBY : Pardon ?

Ethel indique une direction, Bobby regarde à son tour, son visage se mue en une certaine honte.

ETHEL : Je le comprends, la jeune femme qui l'accompagne a beaucoup d'atouts…

Ethel regarde Bobby.

ETHEL : Vous ne le saviez pas ? *(Vraiment confuse)* Si ça peut vous rassurer, vous vous en sortez bien. Regardez, je n'ai pas fait pas de scandale et vous ne m'avez même pas donné de compensation.

BOBBY : Je suis désolé.

ETHEL : C'est votre frère qui parle ou vous ?

BOBBY : Les deux.

ETHEL : J'accepte vos excuses.

BOBBY : Je ne vais pas vous déranger plus longtemps. Si vous voulez commander quelque chose à boire…Mettez ça sur sa note.

Bobby part alors que le morceau de Gene Vincent s'achève.

ETHEL : J'ai soif, mais je n'ai pas envie de boire seule.

Bobby s'immobilise avant de se retourner vers Ethel.

ETHEL : Je vous propose de prendre un verre.

BOBBY : *(revenant vers elle)* Oui…j'avais compris.

ETHEL : Je suis une femme éconduite et vous n'êtes pas en position de refuser. Allez, offrez-moi quelque chose à boire !

Bobby fait un signe au serveur avant de se retourner vers Ethel dans une proximité qui les gêne tous les deux.

ETHEL : Alors, à part faire le sale boulot de votre frère, que faites-vous dans la vie ?

BOBBY : J'étudie le droit.

ETHEL : *(Cynique)* Un homme de justice pour réparer une injustice, comme c'est cohérent.

BOBBY : Je ne pense pas que ce soit une bonne idée que je reste…

ETHEL : *(Le coupant)* j'arrête de vous embêter. Du droit donc, vous voulez être avocat ?

BOBBY : Bah oui…

ETHEL : D'accord… *(Silence dans l'attente d'une relance)* Que vous dire sur moi alors que vous semblez d'une curiosité presque maladive à mon sujet ? *(Bobby sourit)* Un sourire ! Ça vous va bien, vous devriez essayer plus souvent.

BOBBY : Que faites-vous dans la vie ?

ETHEL : Puisque vous le demandez, je finis une thèse…sur le livre de votre frère…

BOBBY : Oh d'accord.

ETHEL : C'est un homme intelligent.

BOBBY : Oui, le meilleur

Le serveur revient.

ETHEL : Une coupe de champagne s'il vous plaît !

BOBBY : Deux coupes, merci.

Le serveur part.

ETHEL : Je me rends compte que je vais partager un verre avec un homme qui ne s'est pas officiellement présenté à moi. Il faut corriger ça.

BOBBY : Bobby.

ETHEL : Ethel.

BOBBY : Je sais.

ETHEL : Oui, en fait, je sais aussi.

BOBBY : Comment ça ?

ETHEL : On a skié avec votre groupe hier.

BOBBY : *(Se souvenant)* C'est vrai.

ETHEL : Mes parents m'emmènent ici depuis que je sais marcher. C'est un endroit que j'adore, l'air de la montagne. Avec mes frères et sœurs, on aime bien la compétition sur les pistes.

BOBBY : Oui, je connais ça aussi.

ETHEL : C'est une constance dans les familles aisées. On a tout ce que l'on veut donc il faut bien trouver une autre source de motivation.

BOBBY : C'est exactement ce que mon père cherche à nous inculquer.

ETHEL : Il a la réputation d'être un homme d'affaires brillant et accompli.

BOBBY : Oui, il a mis la barre très haut.

ETHEL : C'est bien, d'avoir un idéal. Rien à voir, mais j'étais avec votre sœur Jean au collège.

BOBBY : Attendez, vous êtes Ethel Skakel ?

ETHEL : Oui.

BOBBY : Je suis désolé, je dois y aller.

Bobby amorce son départ, mais Ethel se met en travers.

ETHEL : Pourquoi ?

BOBBY : C'est assez inconvenant.

ETHEL : Alors là, vous m'avez perdue.

BOBBY : J'ai fréquenté votre sœur Patricia.

ETHEL : Oui, je sais.

BOBBY : Nous sommes sortis quelques fois ensemble.

ETHEL : Tant mieux pour vous.

BOBBY : Je ne suis plus en relation avec elle, mais…

ETHEL : Mais quoi ?

BOBBY : Tout cela est étrange…

La musique de Sam Cooke, "Wonderful World" démarre.

ETHEL : Vous êtes sorti avec ma sœur, je suis sortie avec votre frère, on est quitte.

BOBBY : Vous êtes toujours aussi directe ?

ETHEL : Oui. Allez, faites-moi danser !

Ethel entraîne Bobby sur la piste et ils commencent à danser un rock lent.

ETHEL : Vous êtes très différent de votre frère.

BOBBY : Je sais.

ETHEL : Non, non, ce n'est pas une critique. C'est juste que Jack, eh bien, c'est un séducteur et il a une grande confiance en lui…

BOBBY : Oui… ce n'est pas toujours facile d'être… Non rien, laissez tomber.

ETHEL : Vous vouliez dire d'être « son frère » ? Par en juger par cette soirée, je dirais qu'il a quelques leçons à apprendre de vous.

BOBBY : Je ne veux pas vous donner l'impression de me plaindre de ma famille, je tuerais pour elle.

ETHEL : Une famille qui ne nous tape pas un peu sur les nerfs, ce n'est pas « notre » famille.

BOBBY : Et vous ? Votre famille est soudée ?

ETHEL : Oui, je crois. Nous avons conscience de nos privilèges et de ce que ça implique.

BOBBY : Je ne vous suis pas.

ETHEL : Eh bien, vous savez, nous n'avons pas tous les mêmes armes. Regardez-nous, nous avons bu une coupe de champagne dans un hôtel luxueux après une journée de ski dans un pays étranger. Nos familles rendent cela possible.

BOBBY : Je ne peux pas contester.

ETHEL : Vous ne voulez pas rendre un peu de ce qu'on vous a donné ? D'agir ? De faire la différence ?

BOBBY : Bien sûr, mais c'est un peu idéaliste de croire qu'un individu peut faire la différence. Ou alors...

ETHEL : Ou alors ?

BOBBY : Il est comme Jack.

ETHEL : C'est-à-dire ?

BOBBY : Destiné.

ETHEL : Vous croyez à ça ?

BOBBY : Nous avons tous un rôle à jouer.

ETHEL : Et quel serait le vôtre ?

BOBBY : Je ne sais pas...

ETHEL : Un avocat peut faire la différence.

BOBBY : Et vous ?

ETHEL : Moi ?

BOBBY : Oui, comment vous vous voyez ?

La musique de Sam Cooke s'arrête progressivement. Ils arrêtent leur danse.

ETHEL : Je ne sais pas trop. Je veux me pousser à être meilleure pour qu'à la fin, je transmette à mes enfants cette simple idée : nous pouvons sans cesse nous améliorer et changer le monde.

BOBBY : *(Amusé)* Changer le monde ? C'est ambitieux…

ETHEL : Ce n'est pas facile, mais c'est possible…Parfois, j'ai comme des impressions sur l'avenir.

BOBBY : Comme une voyante ?

ETHEL : C'est ça, moquez-vous !

BOBBY : Non, non, j'essaie de comprendre.

ETHEL : J'ai comme une vision, je vois un endroit avec des enfants et j'entends de la musique, j'adore la musique et…une danse…ça n'est pas un moment particulier, c'est une impression générale comme une sensation. *(Elle regarde Bobby qui acquiesce)* Vous comprenez ce que je dis ou vous me prenez pour une folle ?

BOBBY : Non, non, c'est que tout ça me semble…

ETHEL : *(Elle le coupe)* Vous n'avez jamais eu l'impression que la vie vous envoyait des signes pour vous montrer quelle était la bonne direction ?

BOBBY : Une fois.

ETHEL : Je vous écoute.

Ils recommencent à danser, cette fois-ci, c'est un slow. Il n'y a plus de musique.

BOBBY : *(Se rappelant un lointain souvenir)* je devais avoir 6-7 ans, avec ma famille, on était sur notre bateau. Mes frères se moquaient de moi parce que je ne savais pas nager. Je voulais leur montrer que j'étais aussi fort qu'eux. Alors, j'ai sauté.

ETHEL : Dans l'eau ?

BOBBY : Oui. Et j'ai commencé à couler, je me débattais, mais je ne savais pas comment remonter à la surface. J'étais paniqué et je croyais que j'allais sombrer au fond de l'océan. Je me souviens avoir…entendu quelque chose…comme des notes de musique. *(Son regard se plante dans les yeux d'Ethel)* Alors j'ai tourné la tête et je n'avais plus peur.

ETHEL : Et ?

BOBBY : Mes frères m'ont sorti de l'eau. J'ai sûrement eu une hallucination, mais pendant un instant, je ne sais pas, j'ai senti un calme comme je n'en ai jamais plus éprouvé. *(Se reprenant)* je n'avais jamais raconté cette partie de l'histoire.

Ethel l'écoute, touchée par son histoire. Bobby la regarde.

BOBBY : Vous avez un beau sourire.

ETHEL : Vous cachez bien votre jeu, vous êtes un séducteur en fait.

Bobby sourit. Il y a un silence.

BOBBY : *(Hésitant)* On pourrait peut-être se…revoir ?

ETHEL : Je ne suis pas encore partie.

BOBBY : Je veux dire, on pourrait… *(Pataugeant)* aidez-moi, je suis nul à ça…

ETHEL : Vous pouvez me raccompagner jusqu'à ma chambre et demain, nous verrons lequel de nous deux s'en sort le mieux sur les pistes.

BOBBY : Voilà.

ETHEL : Mais vous ne franchirez pas le pas de ma porte ce soir.

BOBBY : Bien sûr, je n'aurai jamais voulu…

ETHEL : Un petit peu quand même…

BOBBY : Ce n'est pas ce que j'ai voulu dire…

ETHEL : Ah bon ? Qu'est-ce que vous vouliez dire ?

BOBBY : Vous adorez ça…

ETHEL : Quoi ?

BOBBY : Me mettre mal à l'aise.

ETHEL : Oui, vous avez remarqué ?

BOBBY : Je vous raccompagne ?

ETHEL : Excellente idée !

Ils se lèvent.

ETHEL : Vous savez, j'étais en train de me dire, si vous décidez d'arrêter de me fréquenter, j'ai encore une sœur célibataire...

BOBBY : J'ai un petit frère aussi, donc ne vous en faites pas.

Ils se séparent et chacun occupe un espace côté cour et côté jardin. Ils sont alors en pleine discussion avec un proche à qui il raconte leur soirée, Jack pour Bobby et Ann, sa sœur, pour Ethel.

ETHEL : Je te le donne en mille, il est venu...avec une autre.

BOBBY : Hé, hé, tu m'as fait passer pour un idiot. Tu es gentil, ne recommence plus jamais ça.

ETHEL : Non, j'ai eu une autre compagnie...son petit frère.

BOBBY : Non, non, elle n'a pas fait de scandale, j'ai bu un verre avec elle et je l'ai raccompagnée.

ETHEL : Le pauvre était tellement gêné, j'aurais voulu l'aider.

BOBBY : Non, je ne suis pas allé dans sa chambre, tout ne se résume pas à aller dans une chambre Jack ! Eh bien, on a juste parlé.

ETHEL : Il est un peu maladroit, mais il n'est pas déplaisant…je mens, il est carrément charmant !

BOBBY : Elle est folle… mais elle est belle et intelligente. Elle a ton sens de l'humour, vous vous seriez bien entendus.

ETHEL : Un peu qu'on va se revoir. On va faire la course demain. Quand je l'aurai battu, je lui proposerai d'aller boire un verre ensemble pour lui remonter le moral.

BOBBY : Elle veut faire la course. Non, je ne vais pas la laisser gagner. Quand je l'aurai battue, je lui proposerai de lui offrir un verre.

Bobby et Ethel se rapprochent progressivement en milieu de scène.

ETHEL : S'il accepte sa défaite, je pourrais éventuellement l'embrasser.

BOBBY : Si elle n'est pas trop mauvaise perdante, j'essaierai peut-être de l'embrasser.

ETHEL : Et après ? On va prendre notre temps. Tu sais comme je suis…

Ethel sort. Bobby installe un fauteuil club côté jardin et une chaise de travail côté cour. Il place deux téléphones de chaque côté de la scène puis il s'approche du public et vérifie le fonctionnement d'un appareil incarné par les spectateurs. Ethel l'appelle derrière la toile.

ETHEL : Bobby, je suis rentrée !

BOBBY : Attends ! Attends ! J'ai une surprise pour toi. Ferme les yeux, je viens te chercher.

ETHEL : D'accord.

Il va chercher Ethel.

BOBBY : Donne-moi tes mains et laisse-toi guider.

Bobby emmène Ethel jusqu'en devant de scène.

BOBBY : Ouvre les yeux. *(Elle ouvre les yeux)*

ETHEL : *(incrédule)*, Mais nan.

BOBBY : Si.

ETHEL : Mais nan !

BOBBY : Et si !

ETHEL : C'est un des derniers modèles ? Je n'en avais jamais vu des comme ça ! *(Elle lui saute dans les bras)* Merci !

BOBBY : Je sais à quel point la musique est importante pour toi donc j'ai voulu te faire ce petit plaisir.

ETHEL : Et il marche, il est branché ?

BOBBY : Oui, normalement, tout fonctionne.

ETHEL : J'essaye ?

BOBBY : C'est à toi.

Ethel tourne un bouton. La musique commence. C'est « Long Tall Sally » de Little Richard.

ETHEL : Le son est super !

BOBBY : Tu trouves aussi. J'ai hésité entre deux modèles, mais, je ne sais pas…j'ai eu un coup de cœur pour celui-ci.

ETHEL : Et puis, ça va très bien avec le salon.

BOBBY : Oui, c'est vrai.

ETHEL : Ma mère me disait souvent qu'un foyer heureux, c'est un endroit où il y a de la musique.

BOBBY : Je sais.

ETHEL : Tu écoutes ce que je dis ?

BOBBY : De temps en temps.

Bobby entraîne Ethel dans un rock endiablé. À la fin de la danse, Bobby reste immobile avant de s'agenouiller pour la demander en mariage. Ethel se tourne en devant de scène cachant sa réaction à Bobby, elle est émue. Elle se retourne et saute dans les bras de son futur époux. Elle quitte ensuite la scène. Le soir tombe, Bobby s'installe dans le fauteuil et révise ses cours. Ethel entre.

ETHEL : Redis-le !

BOBBY : Il est 2 heures du matin.

ETHEL : Je sais, mais je n'arrive pas à dormir. Comment tu peux être aussi calme ?

Ethel vient s'installer sur l'accoudoir.

BOBBY : Je ne sais pas. Mais tout est prêt, il n'y a aucune crainte à avoir.

ETHEL : Tu pourrais changer d'avis ?

BOBBY : Je ne vais pas changer d'avis.

ETHEL : Je pourrais changer d'avis.

BOBBY : Tu vas changer d'avis ?

ETHEL : Je ne crois pas.

BOBBY : Tu ne crois pas ?

ETHEL : Il reste quelques heures, tout peut encore changer.

BOBBY : Tu ne t'arrêtes jamais hein ?

ETHEL : Non. Alors, redis-le.

Il regarde vers un invité imaginaire.

BOBBY : Bonjour, je vous présente ma femme, Ethel.

ETHEL : C'est à la fois très possessif et terriblement plaisant. Ça va être une sacrée aventure, tu sais ?

BOBBY : Je n'en doute pas.

ETHEL : Fais-moi une place. Tu fais quoi ?

BOBBY : J'essaye de finir mes révisions.

Ethel lui souffle dans les oreilles. Bobby relève la tête, elle s'arrête. Après quelques instants, elle recommence, Bobby se retourne vers elle.

ETHEL : Je te dérange ?

BOBBY : Nan…

ETHEL : Je te fais réviser.

BOBBY : Oui, ça serait bien.

ETHEL : Alors, quel amendement du deuxième article de la constitution a contribué…c'est d'un pénible en fait. *(Elle se lève, elle s'arrête devant la sortie)* À tout de suite…

Bobby la rejoint rapidement. Quelques instants plus tard. Bobby entre, il ajuste sa veste et sa cravate. Ethel le rejoint, pas vraiment prête.

ETHEL : On a rendez-vous à quelle heure ?

BOBBY : 19h30.

ETHEL : Et il est quelle heure ?

BOBBY : 19h30.

ETHEL : On n'est pas encore en retard.

BOBBY : *(Amusé)* Non.

ETHEL : Et comment elle s'appelle cette fois-ci ?

BOBBY : Jacqueline.

ETHEL : D'accord. Bon, j'ai essayé de me faire jolie.

BOBBY : On y va ?

ETHEL : Oui, oui.

Ethel passe devant lui, il remarque quelque chose.

BOBBY : *(Sérieux)* Attends ! Attends !

ETHEL : *(Pressée)* Quoi ?

BOBBY : Tu es belle.

Ethel sourit. Ils se dirigent vers la sortie avant qu'un changement de lumière vienne marquer une ellipse. Ethel est assise sur le fauteuil, Bobby est derrière, plongé dans ses pensées.

BOBBY : Alors ?

ETHEL : Oui ?

BOBBY : Qu'est-ce que tu penses ?

ETHEL : Eh bien, c'était une bonne soirée et ton frère a l'air heureux.

BOBBY : Je crois que ça peut être la bonne cette fois.

ETHEL : Tu as déjà dit ça.

BOBBY : Je sais, mais elle est différente…

ETHEL : Ouais…

BOBBY : Tu ne l'aimes pas ?

ETHEL : Non, non, elle est gentille.
Bobby éclate de rire.

ETHEL : Ce n'est pas ça…Elle est juste…

BOBBY : Quoi ?

ETHEL : Elle en fait quand même un peu trop.

BOBBY : C'est-à-dire ?

ETHEL : Oh bah, quand je suis arrivée, *(Elle commence à imiter sa cible, sur jouant la naïveté)* Oh Ethel, je suis tellement contente de vous voir. Et cette robe ! Comme vous êtes élégante, c'est magnifique !

BOBBY : Ce n'est pas vrai…

ETHEL : Et avec toi, pardon !

BOBBY : Quoi avec moi ?

ETHEL : Oh, Bobby, votre frère m'a tellement parlé de vous ! Vous êtes avocat, comme c'est passionnant. Vous mettez les méchants en prison.

Bobby, amusé, rentre dans le jeu. Ethel joue avec sa cravate.

BOBBY : Je ne suis qu'un humble serviteur de la justice.

ETHEL : Vous parlez tellement bien qu'on dirait que ça sort d'un livre, mais alors d'un gros livre !
Bobby commence à vouloir l'embrasser. Ethel coupe court à ce jeu qui ne l'amuse plus.

ETHEL : Non, mais sérieusement, elle était tellement émerveillée ce soir que j'en ai pris des coups de soleil.

BOBBY : Elle voulait faire bonne impression.

ETHEL : Ouais, bah, c'est raté.

BOBBY : Donne-lui une chance, c'est une brillante journaliste.

ETHEL : Ouais, à la rubrique « Poney et arc-en-ciel ».

BOBBY : Tu ne serais pas un peu jalouse ?

ETHEL : Moi ? Jalouse ?

BOBBY : Je ne sais pas.

ETHEL : Nan je ne crois pas.

BOBBY : Ok.

ETHEL : Nan, mais vraiment.

BOBBY : C'était une question idiote.

ETHEL : Oui…De quoi je pourrais être jalouse ?

BOBBY : Je ne sais pas, elle a de la prestance…

ETHEL : T'es pas difficile. Faut aimer le genre petit oiseau crevé au bord de la route.

BOBBY : *(Il pose la main sur l'épaule de sa femme en sortant)* Allez, on va se coucher ?

Bobby sort de scène.

ETHEL : Hé ! Elle est belle, mais pas autant que moi hein ? Bobby ? Ne fais comme si tu ne m'avais pas entendue !

Elle sort. Bobby entre en pleine conversation avec son père au téléphone.

BOBBY : Oui Papa, il m'a mis en attente sur l'autre ligne. Je suis prêt à aider, mais je le fais à ma façon. Ok, je te garde en ligne. *(Il change de ligne et attend quelques secondes)* Oui, bonjour monsieur le gouverneur, merci de prendre mon appel. Je sais que vous avez décidé de ne pas apporter votre soutien à la candidature de mon frère en tant que sénateur. J'aimerais que vous reconsidériez votre position. Non, vous avez raison, je ne suis personne, juste un frère concerné. J'ai beaucoup de respect pour vous gouverneur, mais, laissez-moi être clair, vous allez soutenir Jack ou je vais utiliser tous les moyens nécessaires pour vous faire perdre votre position aux prochaines élections. Nous viendrons sur vos terres avec Jack comme candidat et nous vous humilierons dans votre fief. *(Pause puis calmement)* Oui, c'est une menace. Je ne vous appelle pas pour flatter votre ego, je vous appelle pour vous expliquer comment je vais vous détruire si vous décidez d'être contre nous parce que, monsieur le gouverneur, avec tout le respect que j'ai pour vous, nous ne perdons pas, jamais. *(Il raccroche et rappelle son père)* C'est fait. Il va rappeler. Pendant que j'y pense, j'ai eu les derniers chiffres, ça confirme ce que je t'ai déjà dit, nous avons besoin de Jackie le plus souvent possible. Elle lui fait gagner des points à chaque fois qu'elle l'accompagne. Je l'appellerai. Bonne soirée. Oui à demain. *(Il raccroche)*

Ethel entre, mimant la présence d'un nouveau-né dans ses bras et chantonnant.

ETHEL : Comment ça se passe ?

BOBBY : Ça avance. *(S'adressant à l'enfant)* Bonjour Kathleen, on est contente de voir son papa ?

ETHEL : Elle est toute calme aujourd'hui.

BOBBY : Je peux la prendre ?

ETHEL : Bien sûr.

Il la prend dans ses bras. Le téléphone sonne.

ETHEL : Je m'en occupe. *(Elle décroche)* Ah bonjour monsieur le gouverneur. Comment va votre femme ? Formidable ! Et le petit Christopher ? Nous ne vous avons pas vu depuis trop longtemps ! Dites bien à Myrtle qu'elle est la bienvenue pour boire le thé. Merci, vous aussi. Ah non il est occupé, vous voulez que je lui demande… Non ? D'accord, je lui dirai. Moi aussi, ce fut un plaisir.

Elle raccroche. Bobby se rapproche pour savoir de quoi il retourne. Ethel fait semblant de l'ignorer avant de répondre.

ETHEL : Le gouverneur DiSalle va soutenir Jack. Il semblait presque soulagé de ne pas avoir à te parler.

BOBBY : C'est une bonne nouvelle ! *(Au bébé)* Ton oncle va être sénateur et papa n'aura plus à traiter avec des imbéciles.

Bobby sort. Ethel se place en devant de scène et berce Mary dans ses bras. Elle s'adresse au public qui joue ici le rôle des enfants.

ETHEL : Robert, Joseph ! Allez vite ranger votre chambre. Non, nous étions d'accord, vous irez jouer dehors quand votre chambre sera impeccable.

Bobby rentre sur scène avec un ballon de football américain.

BOBBY : Les enfants, je vous attends dehors pour une partie ?

ETHEL : Ah non !

BOBBY : Qu'est-ce qui se passe ?

ETHEL : Ils doivent d'abord ranger leur chambre.

BOBBY : Quand vous aurez rangé votre chambre ! Où sont les gouvernantes ?

ETHEL : Helena est malade, Claire est en congé et moi, je ne m'en sors pas ! J'ai appelé Rosalie, elle doit arriver d'ici une heure.

BOBBY : Ça va aller. Regarde ces deux-là, ils sont sages comme des images.

ETHEL : David, tu sors le puzzle de ta bouche !

Bobby se précipite vers David.

BOBBY : Il ne faut pas faire ça David. *(Regardant le puzzle)* C'est celui avec le porte-avion, on avait le même avec ton oncle…regarde Kathleen, tu as cette pièce, non, sous ton pied…ça doit aller là.

Bobby commence à s'amuser. Ethel commence à chantonner une chanson pour endormir Mary. Robert et Joseph reviennent.

BOBBY : C'est bon ? Vous êtes prêts ?

Ethel s'approche.

ETHEL : Ah mais vous vous moquez de moi, vous croyez vraiment qu'en trente secondes vos chambres sont rangées. Vous y retournez ! Plus vite que ça !

BOBBY : Ils sont malins nos enfants…

ETHEL : Diaboliques oui ! Je vais mettre un peu de musique.

BOBBY : Ça marche.

La musique « Do You Love Me » de The Contours débute.

BOBBY : *(À ses enfants)* Super ! Ça commence à ressembler à quelque chose tout ça !

ETHEL : Elle est toute grognon, je vais la coucher.

BOBBY : Ok. *(Répondant à son fils)* Tu ne veux plus jouer David ? Tu préfères danser...qu'est-ce que tu en penses Kathleen ? Bah, je ne crois que ce que je vois.

Il se lève et commence à danser avec ses enfants. Ethel arrive.

ETHEL : *(Amusée)*, Mais qu'est-ce que vous faites ? *(Elle regarde sa fille danser)*, comment tu fais ma chérie ? Comme ça ?

Elle imite la danse de sa fille. À la phrase « Watch me now », Bobby et Ethel partent dans une danse qui n'appartient qu'à eux, un Jazz Roots. Au milieu de la danse, Bobby s'arrête et désigne à sa femme les enfants Robert et Joseph qui se déplacent dans le public.

BOBBY : Tu vois ce que je vois ?

Ethel acquiesce.

BOBBY : Je m'en occupe.

ETHEL : Crois-moi, ils vont la ranger leur chambre.

Ils s'avancent, la musique se dérègle, une ellipse nous projette à un autre moment. C'est le soir, Bobby est immobile à l'instar d'Ethel, chacun à un bout de la scène. Bobby s'approche de sa femme.

BOBBY : Le bébé n'a pas survécu.

ETHEL : Oh mon dieu…

BOBBY : Je vais récupérer quelques affaires et retourner à l'hôpital. Jackie est…tu peux imaginer.

ETHEL : Tu as eu Jack ?

BOBBY : Je ne peux pas le joindre.

ETHEL : Comment ça tu ne peux pas le joindre ?

BOBBY : Il est sur un bateau quelque part sur la méditerranée. Il ne devrait pas toucher terre avant vendredi.

ETHEL : C'est…

BOBBY : Je sais, c'est Jack.

ETHEL : Tu sais que Jackie ne lui pardonnera pas cette fois.

BOBBY : Pas aujourd'hui, non. Mais avec du temps, qui sait…

Bobby passe derrière la toile. Il téléphone à sa femme depuis l'hôpital. Ethel est assise sur le fauteuil.

ETHEL : Comment ça se passe ?

BOBBY : Elle est triste et…en colère.

ETHEL : Dis-lui que toute la famille pense à elle et la garde dans ses prières.

BOBBY : Je vais rester à l'hôpital ce soir.

ETHEL : *(Déçue)* D'accord…

BOBBY : Ça te dérange ?

ETHEL : Non, mais tu sais, tu ne peux pas rattraper les fautes de ton frère. Il faut qu'il rentre et soit là pour sa femme.

BOBBY : C'est plus compliqué que ça…

ETHEL : C'est toujours plus compliqué.

BOBBY : Écoute, je suis trop fatigué pour argumenter. Je t'appelle demain. Embrasse les enfants.

ETHEL : Je… *(Il raccroche)* t'aime.

Nouvelle ellipse, Ethel parle à son mari derrière la toile. Elle ajuste sa cravate.

ETHEL : Et ton père est d'accord ?

BOBBY : Oui, je fais ça et il me soutiendra pour me lancer dans le privé, il y a un cabinet à Boston qui est déjà d'accord pour m'accueillir.

ETHEL : C'est génial.

BOBBY : Tu es contente ?

ETHEL : Bien sûr ! Depuis que je te connais, tu veux être avocat.

Ethel entre sur scène, suivi de Bobby.

BOBBY : Ça ne va pas être une année facile…

ETHEL : Il n'y a jamais d'année facile avec toi.

BOBBY : Tu ne t'arrêtes jamais ?

ETHEL : Jamais.

Elle prend la chaise qu'elle positionne en devant de scène.

ETHEL : Alors, *(elle compte ses enfants, surprise, elle regarde son mari)* Rosalie ne vous a appelés qu'une seule fois et vous êtes déjà tous là…Bon, nous avons une annonce à vous faire mes chéris. Comme vous le savez, Jack va se présenter à l'élection pour être président et votre papa est le directeur de campagne d'oncle Jack. Ça veut dire…comment j'explique ça moi…

BOBBY : Quand on se présente, on choisit une personne pour aider le candidat à être élu. Ça, c'est mon travail.

ETHEL : Grâce à votre papa, oncle Jack sera président en novembre prochain.

BOBBY : Quoi qu'il en soit, je vais être souvent absent, mais ça n'est que pour un temps.

ETHEL : Et pour réussir, il faut qu'on soutienne votre père et votre oncle de toutes nos forces.

BOBBY : Oui, ça, c'est très important pour nous.

ETHEL : Alors, qui va aider votre papa ? On lève les mimines ! (*Un temps, dans l'idéal le public lève la main*) Je n'en attendais pas moins de vous mes petits monstres.

BOBBY : (*Répondant à une question de ses enfants*) Non Joseph, si Jack gagne, je ne serai pas deuxième président, ça n'existe pas. Je travaillerai comme avocat dans un cabinet à Boston. J'aurai beaucoup plus de temps pour vous comme ça.

ETHEL : Je déclare officiellement lancer la campagne présidentielle de notre famille !

Ethel téléphone côté jardin, Bobby décroche côté cour. Il discute avec sa femme tout en organisant les coulisses du débat pour la présidence.

ETHEL : Alors, comment ça se présente ?

BOBBY : On a fini les tests, les maquilleuses sont excellentes, c'était une bonne idée.

ETHEL : Quand le public le verra, il aura l'impression de voir une star de cinéma. Même Nixon pourrait changer son vote.

BOBBY : Ça va être l'une des élections les plus serrées de notre histoire.

ETHEL : C'est la première fois que le pays verra les candidats en direct. Je peux t'assurer que Jack n'a pas à s'en faire. Nixon, c'est l'ancien monde.

BOBBY : On a demandé l'aide de deux réalisateurs, ils veulent que ça soit tourné en plan serré pour que le public puisse les comparer.

ETHEL : C'est bien vu.

BOBBY : Tu regardes le débat avec les enfants ?

ETHEL : Oui, on a prévu une soirée pizza devant la télé. J'ai décidé d'être une mère permissive en ton absence.

Bobby est accaparé par deux assistants qui lui posent des questions. Il en oublie le téléphone.

ETHEL : Bobby ? Bobby ? Bobby ?

BOBBY : *(Ailleurs)* Ça me plairait d'être avec vous.

ETHEL : *(Se moquant)* Oui, tu nous manques aussi.

BOBBY : Ethel, je suis désolé pour toute cette pression.

ETHEL : Tu plaisantes ! J'aime bien cette folie. Je suis tellement fière de toi. Jack va devenir président et ça va transformer ce pays.

BOBBY : Quand j'ai un peu de temps, je pense aux vacances que nous pourrions prendre.

ETHEL : Je te préviens, tu me dois une année d'attention constante.

BOBBY : Pas de problème, après avoir dirigé cette campagne, te gérer sera une partie de plaisir.

ETHEL : Tu as oublié ce que c'est !

BOBBY : Tu m'aideras à me rappeler ?

ETHEL : Compte sur moi !

BOBBY : Je dois te laisser.

ETHEL : Reviens vite.

BOBBY : Toujours.

Ellipse, Bobby est de nouveau au téléphone sous le regard d'Ethel, inquiète.

BOBBY : Vous êtes sûr de ces chiffres. Je vous remercie. Bien sûr, je n'y manquerai pas. Bien, bonne nuit…bonne journée. Oui.

Il raccroche violemment et se détourne de sa femme. Ethel est déçue, elle cherche des mots pour remonter le moral de son mari. Celui-ci se retourne avec un grand sourire. Ethel reste un moment interdit avant de comprendre.

ETHEL : *(N'osant pas y croire)*, Non ?

Bobby acquiesce.

ETHEL : Tu l'as fait ?

BOBBY : On l'a fait !

Le téléphone sonne. Bobby décroche à nouveau. Il se retourne vers sa femme. Son expression change, elle passe de la joie à la colère froide. Il se dirige vers elle pour s'expliquer, elle le fuit.

ETHEL : Tu ne t'approches pas.

Les enfants entrent.

ETHEL : *(Vers le public)* Ah les enfants, votre père a une annonce importante à vous faire. Eh bien non, justement Joseph, il y a un changement de plan. Papa ne va pas devenir avocat.

BOBBY : Voilà, votre grand-père pense qu'il faut quelqu'un pour aider votre oncle dans son travail et qu'on ne peut faire confiance qu'à sa famille.

ETHEL : C'est une bonne remarque Robert, papa a aidé oncle Jack toute l'année.

BOBBY : Mais oncle Jack a encore plus besoin d'aide aujourd'hui.

ETHEL : Mais oncle Jack a toujours besoin d'aide !

BOBBY : Alors il faut toujours l'aider !

ETHEL : Bonne question Robert, quand est-ce que tonton Jack t'aide ?

BOBBY : Et si ton frère Joseph te demandait son aide, que ferais-tu ? Tu le laisserais tomber ?

ETHEL : Sauf que ce n'est pas ton frère qui te demande de l'aide, c'est ton père !

BOBBY : Cela reste la famille !

ETHEL : Non, papa et maman ne se disputent pas. Ils discutent.

Un temps.

ETHEL : Votre père va devenir ministre de la Justice.

Un temps.

BOBBY : Oui Joseph, c'est mieux qu'avocat.

ETHEL : Pardon ? Oui, vous pouvez aller jouer maintenant…

Les enfants sortent laissant Bobby et Ethel ensemble. Ils se regardent.

BOBBY : Quoi ?

ETHEL : Tu vas être un grand ministre Bobby.

Ellipse, c'est le matin, Bobby entre sur scène.

BOBBY : Ces abrutis de la CIA ont donné des informations erronées sur les défenses de Cuba donc Jack a autorisé une opération qui n'avait aucune chance d'aboutir !

Ethel rentre sur scène apportant un café à son mari.

BOBBY : Il y a beaucoup de morts et peu de gens prêts à assumer leurs responsabilités. Il m'a demandé de diriger une réunion de crise pour déterminer ce qui s'est mal passé.

ETHEL : La justice va encore frapper !

BOBBY : Si ça ne tenait qu'à moi, il y aurait beaucoup de bureaux vides aujourd'hui.

ETHEL : Vous formez un beau duo, genre le bon et le mauvais flic.

BOBBY : Pourquoi j'ai l'impression d'être le mauvais dans ta comparaison ?

ETHEL : Tu n'es pas mauvais, tu es celui qui tape des poings sur la table et qui fait peur à tout le monde, c'est assez excitant je trouve.

BOBBY : Alors je retourne taper du poing sur la table.

Bobby donne sa tasse à sa femme et passe dans l'espace de travail côté cour, Ethel s'occupe des enfants à la maison côté jardin. Pendant ce passage, ils parlent en même temps, chacun dans ses actions. Les paroles de Bobby restent audibles.

ETHEL : Joseph, Michael, dépêchez-vous, vous allez être en retard pour l'école ! Attendez, Helena ne vous a pas donné vos goûters !

BOBBY : *(Au téléphone)* Les étudiants Vivian Malone Jones et James Hood vont entrer à l'Université d'Alabama, vous avez ma parole...

ETHEL : Hé, hé, vous avez oublié autre chose ! Un bisou à votre mère !

BOBBY : Si vous, Martin Luther King, vous restez sur la réserve, nous aurons une plus grande marge de manœuvre pour gérer le gouverneur Wallace.

ETHEL : Passez une bonne journée mes amours. Kathleen, tes lacets ? Rappelle-toi, la manière dont tu te montres au monde en dit beaucoup sur qui tu es.

BOBBY : Je ne veux pas vous faire taire monsieur King, d'ailleurs si ça peut vous rassurer, je pense que personne ne le peut. Vous savez que je ne suis pas contre vous. Je vous tiens au courant, je vous remercie.

Ethel corrige les devoirs de ses enfants.

ETHEL : Non, tu vois, tu as oublié le pluriel ici, et jungle prend un « u » et non un « i » sinon ça fait jingle. Ah ça te fait rire.

BOBBY : *(Calme)* Gouverneur Wallace, je veux être parfaitement clair. Ces étudiants vont entrer à l'Université. Noirs ou pas, c'est un ordre du président. Vous pouvez choisir de continuer à vous opposer à ce gouvernement, vous n'êtes pas le premier, vous vous rappelez des autres ? Non ? C'est normal.

ETHEL : Rosalie, je vous laisse coucher Christopher. Oui Michael, c'est une division, rappelle-toi de la méthode du gâteau, c'est ça. Les parts de gâteau que l'on divise par 4, cela fait donc…

BOBBY : Jack, non, je suis fatigué de négocier avec ce vieux raciste. Nous devons envoyer la garde nationale. Le gouverneur veut aller au bras de fer, mais nous avons une meilleure poigne.

ETHEL : Allez ! Allez ! On file se mettre en pyjama, on se brosse les dents et au lit ! Sinon pas d'histoire !

BOBBY : *(Glacial)* C'est vous gouverneur qui m'avez forcé la main. Non, notre pays n'est pas sur une pente dangereuse, au contraire, il remonte lentement l'échelle des droits civiques pour tous nos concitoyens.

Bobby raccroche et sort.

ETHEL : Vous pouvez y aller Helena, je m'occupe de l'histoire ce soir.

Ethel passe derrière la toile, elle lit une histoire, son ombre se dessine.

ETHEL : Mon enfant chéri ! S'écria-t-elle, en tournant la fillette dans ses bras et couvrant son visage de baisers. Pour l'amour du ciel, d'où viens-tu ? - Du pays d'Oz, répondit gravement Dorothée. Et Toto est là, lui aussi. Oh tante Em ! Comme je suis heureuse d'être de retour à la maison !

Tard le soir, Ethel est sur le fauteuil endormie. Bobby entre et tente d'être discret. Ethel se réveille.

ETHEL : Bobby ?

BOBBY : Je suis passé me changer, je retourne au travail. Les enfants sont couchés ?

ETHEL : Oui. Tout va bien ?

BOBBY : Nos avions ont découvert la présence de missiles nucléaires soviétiques sur le sol de Cuba.

ETHEL : Oh mon dieu…

BOBBY : Je ne sais pas ce qu'il va se passer. Je pense qu'il faudrait que tu emmènes les enfants loin, en Californie peut-être.

ETHEL : Et toi ?

BOBBY : *(Rassurant)* Je vais rester ici, on va trouver une solution.

ETHEL : Qu'est-ce que tu vas faire ?

BOBBY : Les Russes ne sont pas stupides, ils ne gagneront pas cette guerre et nous non plus. Je pense qu'ils veulent quelque chose…

ETHEL : Je veux rester ici avec les enfants. On ne fuit pas les problèmes, on y fait face ensemble, vas-y.

Bobby acquiesce et sort. Ethel fait les cent pas. Un bruit attire son attention, Bobby rentre à nouveau.

BOBBY : L'ambassadeur soviétique a transmis notre proposition à son gouvernement.

ETHEL : Comment s'est passée la rencontre ?

BOBBY : Il était aussi effrayé que moi. Je pense qu'il veut trouver une solution pacifique, mais la décision est entre les mains de Khrouchtchev.

ETHEL : C'est bien. La peur fait réfléchir.

BOBBY : On n'aura pas une réponse tout de suite. Je suppose que si le soleil se lève demain matin, ça sera un bon début... Ce n'est pas la manière dont je nous voyais quand j'ai commencé à aider Jack.

ETHEL : Je crois que j'ai toujours su que tu ne serais pas avocat.

BOBBY : Ah oui ? Pourtant, ça me dirait bien.

ETHEL : Non.

BOBBY : Si.

ETHEL : Non, tu es trop...

BOBBY : Trop quoi ?

ETHEL : Comme ton frère.

BOBBY : Je croyais qu'on était très différents.

ETHEL : Oui et non. Quand j'ai rencontré Jack, il voulait être romancier ou prof d'université non ?

BOBBY : Oui.

ETHEL : Ça ne te rappelle rien ?

Bobby ne dit rien.

ETHEL : Tu sais, c'est dans les situations désespérées qu'on découvre qui nous sommes vraiment. Tu essaies d'éviter cette guerre là où d'autres la souhaitent. Je ne voudrais personne d'autre que toi et Jack pour résoudre cette crise.

BOBBY : Je ne te mérite pas.

ETHEL : Non je sais, mais c'est comme ça, tu as de la chance.

Bobby se lève, le morceau de Bob Dylan « A Hard Rain's A-Gonna Fall » débute.

BOBBY : Eh bien, si c'est la fin du monde…

Bobby tend sa main à Ethel. Elle sourit et le rejoint. Ils dansent un slow. Épuisés, ils s'endorment sur le fauteuil l'un contre l'autre. Le jour se lève. Ethel ouvre les yeux, Kathleen entre.

ETHEL : *(Se réveillant)* Oui Kathleen, oui on va petit-déjeuner…

Ethel se lève, une lumière chaude illumine son visage. Elle regarde le soleil se lever, elle sourit. Son regard se pose ensuite sur son mari endormi, elle s'approche et passe ses mains dans ses cheveux avant de sortir de scène. Ellipse. La chanson de Dylan laisse la place au discours de Martin Luther King « I have a dream ». Ethel est en devant de scène, Bobby s'éveille et rejoint sa femme en devant de scène.

ETHEL : Quand tu penses qu'il y a huit mois, on croyait que c'était la fin du monde et aujourd'hui, c'est comme si quelque chose de vraiment bien commençait.

BOBBY : Tu sais, je ne suis pas fan de King, il n'a aucun sens de l'humour, c'est un emmerdeur de première et je m'y connais en la matière, mais je dois admettre une chose...

ETHEL : Quoi ?

BOBBY : C'est un sacré orateur...

Ils sortent. Bobby entre sur scène portant un blouson militaire. Il est au téléphone avec sa mère.

BOBBY : C'est le président maman, il a certaines obligations comme tu le sais et il est en déplacement la semaine prochaine.

Ethel entre, elle lui fait un signe pour qu'il vienne, elle semble pressée.

BOBBY : Je suis désolé, je dois y retourner. Merci pour ton appel. Je t'aime maman. *(Il raccroche)* Qu'est-ce qui se passe ?

ETHEL : Rien ! Mais j'ai écouté ta conversation sur l'autre ligne et tu semblais avoir besoin d'une excuse !

BOBBY : Pour terminer une conversation avec ma mère ? Tu sais que j'ai 38 ans aujourd'hui.

ETHEL : Moi oui, mais ta mère, je ne suis pas sûre.

BOBBY : Avons-nous un problème ?

ETHEL : Nous en avons deux, le premier : il y a une fête dans cette maison en votre honneur, mais vous vous cachez pour appeler votre maman. Et le deuxième : qu'est-ce que c'est que cette veste ?

BOBBY : Cadeau de Jack, l'armée lui a offert et il…me l'a refilée.

ETHEL : Oui, moi aussi je récupérais les affaires de ma sœur quand j'avais 10 ans.

BOBBY : C'est un sarcasme ça ?

ETHEL : Ça se pourrait. En dehors de la faute de goût, revenons au premier problème. Dois-je congédier les invités ?

BOBBY : Laissez les invités en dehors de ça, c'est entre vous et moi.

Il s'approche d'elle.

ETHEL : Attention, ne commence pas à me la jouer homme de pouvoir…même si j'aime bien ça, la transition avec le fils à sa maman est un peu rapide.

BOBBY : Comment tu m'as appelé ?

ETHEL : Tu as bien entendu.

BOBBY : Ça ne peut être qu'un malentendu parce que sinon les conséquences seraient dramatiques pour toi et ta coiffure.

ETHEL : Fais-gaffe, j'ai passé trois heures à me préparer.

BOBBY : Ah ouais ?

Elle recule, il la suit.

ETHEL : Bobby, recule tout de suite.

BOBBY : Je veux juste t'embrasser.

ETHEL : Ouais, c'est ça.

BOBBY : Je ne peux pas t'embrasser le jour de mon anniversaire ?

ETHEL : Pas quand tu as ce regard !

BOBBY : C'est de l'amour !

ETHEL : Je ne crois pas. (*Elle s'arrête de reculer et désigne le téléphone*) Et commence par raccrocher correctement le téléphone ! J'espère que ta mère n'a pas suivi cette conversation.

Bobby se retourne pour regarder le téléphone.

ETHEL : Touchdown !

Elle lui saute dessus l'entraînant au sol. Ils rient.

BOBBY : Tu es fourbe.

ETHEL : C'est pour ça que tu m'aimes.

BOBBY : Non, je ne crois pas.

Il réussit à se relever un peu.

ETHEL : Mais attends. *(Elle s'approche)* Qu'est-ce que je vois ?

BOBBY : Ça ne marchera pas deux fois.

ETHEL : Comment est-ce possible ? Une nuance capillaire de gris…

BOBBY : Tu es dur avec moi.

ETHEL : Remets-toi, il paraît que les hommes vieillissent bien mieux que les femmes. Un cheveu gris, une ride sur ton visage, c'est une marque supplémentaire de ta sagesse. Et un jour, tu seras l'homme le plus expérimenté de cette ville.

BOBBY : Je t'aime diablesse.

Il l'embrasse dans le cou.

ETHEL : Est-ce que ce baiser est la promesse d'une nuit décidément bien longue ?

BOBBY : Ça se pourrait bien si…

ETHEL : Si les enfants ne font pas de cauchemars…

BOBBY : Et si tous les invités partent avant 5 heures du matin…

ETHEL : Et si tu arrives à te déshabiller avant de te coucher.

BOBBY : Ça ne m'est arrivé qu'une fois !

ETHEL : Une fois…de temps en temps.

BOBBY : Bref, dans ces cas-là, je te promets de rendre la nuit très longue.

Silence.

ETHEL : *(Elle rit)* C'est un peu effrayant dit comme ça !

BOBBY : Oui, je ne me suis pas convaincu non plus.

ETHEL : Du coup, je ne veux plus.

BOBBY : Oui, moi non plus.

ETHEL : Prions pour que tu reçoives un livre de poésie ce soir.

BOBBY : Tu ne t'arrêtes jamais ?

ETHEL : C'est pour ça que tu m'aimes.

BOBBY : Oui, je crois que c'est pour ça.

Le téléphone sonne. Bobby décroche.

BOBBY : Allo ? Merci Jack ! Tu connais Ethel, la moitié du pays est à la maison ce soir. Tu es déjà parti ? D'accord. Ne t'en fais pas, cette campagne sera plus simple que la première. Tu as sauvé le monde de l'apocalypse nucléaire, même Dieu perdrait contre toi. Oui, on se voit à ton retour. Bon voyage.

Il raccroche.

ETHEL : Tu es prêt à retrouver tes invités ?

BOBBY : Après vous.

Ils rejoignent la soirée. « Turn, Turn, Turn » de The Byrds débute, Bobby et Ethel saluent leurs invités, mais ils ne se quittent pas des yeux, ils se frôlent, dansent ensemble dans l'attente d'un moment rien qu'à eux que la fin de soirée finit par rendre possible. Ils sortent de scène. La musique s'arrête net, une vidéo-projection de la voiture de John F. Kennedy le 22 novembre 1963 débute. Avant les coups de feu, le film est coupé par l'annonce du présentateur Walter Cronkite de la mort de John F. Kennedy.

ACTE 2

Ethel entre sur scène en tenue de deuil, elle parle à ses enfants.

ETHEL : Vous savez quand votre papa et oncle Jack étaient plus jeunes, ils avaient un grand frère, il s'appelait Joe. Tout le monde l'aimait beaucoup, votre grand-père était certain qu'il deviendrait président. Lors de la guerre, oncle Joe a eu un accident avec un avion qu'il pilotait. Votre grand-père a réuni tout le monde pour leur dire que notre famille est forte et qu'elle peut se remettre de tout tant que nous restons unis. Je peux vous promettre que nous resterons toujours là les uns pour les autres. Je vous aime.

Ethel se lève et sort de scène, Bobby entre, il porte le blouson de son frère, il ne s'en sépare plus. Il s'assoit sur le canapé et commence à écrire sur une feuille.

ETHEL : *(Dynamique)* Chéri, tu ne vas pas croire ce que j'ai entendu ! Michaël demande une vraie fusée pour son anniversaire, il veut partir dans l'espace pour explorer les planètes... J'ai essayé de lui expliquer que c'était un peu jeune pour piloter une fusée, mais il ne me semblait pas convaincu. Après, il accepte qu'on lui offre un avion pour qu'il s'entraîne... je n'ai pas le cœur de tuer son rêve. Tu avances ?

BOBBY : *(Il déchire le discours)* Non.

ETHEL : Je peux t'aider ?

BOBBY : Non.

ETHEL : Tu dois parler avec ton cœur.

BOBBY : Je sais.

ETHEL : Quoi que tu dises, ça sera très bien.

BOBBY : Arrête.

ETHEL : Pardon ?

BOBBY : Arrête de vouloir me remonter le moral. Ça ne marche pas.

ETHEL : Je sais, mais ce n'est pas pour ça que j'arrêterai.

Un temps.

ETHEL : Tu ne le vois pas comme ça, mais c'est une chance. Une chance de parler de Jack avec tes mots. Tout le monde attend ce moment.

BOBBY : Ils veulent mon frère, pas moi.

ETHEL : Ils auront un Kennedy, c'est tout ce qui importe.

Silence.

ETHEL : Tu te rappelles lorsque nous nous sommes rencontrés ?

BOBBY : Bien sûr.

ETHEL : *(Ironique)* Je ne crois pas te l'avoir dit, mais au début, j'avais un peu le béguin pour Jack. Mais tu es arrivé et … je suis tombée amoureuse de toi. Et tu sais quand ?

BOBBY : Non.

ETHEL : Cette histoire quand tu as plongé enfant dans l'océan. Je ne sais pas pourquoi, mais ça m'a touchée d'une manière que je ne pouvais pas anticiper. Tu as cette capacité à te lancer sans savoir ce qui va se passer. C'est une force incroyable.

Il prend la main de sa femme.

BOBBY : Donc, il faut juste foncer.

ETHEL : Laisse les gens te regarder.

BOBBY : Il n'y a pas grand-chose à voir.

ETHEL : Tu es en deuil mon chéri, comme ce pays. Tout le monde a besoin de toi pour avancer.

BOBBY : J'ai toujours pensé que si ça devait arriver, ça serait moi. J'aurais préféré que ça soit moi.

Ethel se lève ne pouvant supporter d'entendre ça.

ETHEL : Il y a toujours une raison à ce qui arrive même si nous ne comprenons pas. Pour le moment, il faut que tu fasses des choses qui te font du bien. Je pensais que l'on pourrait prendre le bateau cet après-midi et faire un tour dans la baie. Nous, les enfants, un peu de vent et l'océan, c'est tout ce qu'il nous faut.

Bobby acquiesce. Le téléphone sonne. Bobby décroche.

BOBBY : Allo ? … Non tu ne me déranges jamais. Qu'est-ce qui se passe ? D'accord. Non, non, j'arrive d'ici une heure…Oui je suis sûr. À tout à l'heure. *(Il raccroche).*

BOBBY : Je dois y aller. Jackie n'est pas bien.

ETHEL : Si Jackie n'est pas bien alors…

BOBBY : Elle a perdu son mari.

ETHEL : Je sais, mais je n'ai pas envie de perdre le mien pour lui faire plaisir !

BOBBY : Non, mais tu t'entends ?

ETHEL : Ce n'est pas le moment d'avoir cette conversation. Tu dois y aller.

Ellipse. Bobby est dans le fauteuil, il lit. Ethel est debout, elle le regarde.

ETHEL : Qu'est-ce tu lis ?

BOBBY : Un livre.

ETHEL : Je vois bien, mais ça parle de quoi ?

BOBBY : D'histoires.

ETHEL : Et c'est bien ?

BOBBY : Hmmm.

ETHEL : Tu n'aurais pas vu mon mari parce qu'il a été remplacé par un adolescent monosyllabique !

BOBBY : J'aimerais juste lire.

ETHEL : Désolée de m'intéresser. C'est nouveau comme livre ?

BOBBY : C'est un cadeau de Jackie.

Ethel est touchée par cette réponse.

ETHEL : C'est très gentil de sa part.

BOBBY : Oui.

Bobby sort. Ethel reste là, elle est au bord des larmes bientôt suppléée par une véritable rage. La musique « Nutbush city limits » de Tina Turner commence, Ethel danse dessus pour laisser ses émotions sortir. D'abord harmonieuse, la danse devient déstructurée. Finalement, Ethel s'assoit, décroche le téléphone, la musique s'arrête net.

ETHEL : *(Faussement aimable)* Bonjour Jackie, comment vas-tu ? Oui, je vais bien, les enfants aussi. Dis-moi, est-ce que Bobby est dans les parages ? Ah il joue avec les enfants...c'est chouette. Non, on est content d'aider. Ne le dérange pas, ce n'est rien d'urgent. Oui, ça va être important. Je sais qu'il a peur de ne pas trouver les mots...Ah, il a fini le discours...non je ne savais pas. Tant mieux si tu as pu l'aider...Non, c'est bien vraiment. Je dois te laisser, les enfants ont fait une bêtise...Je...t'embrasse.

Elle raccroche, Bobby entre, il relit son discours.

BOBBY : Tu m'aides ?

Ethel s'approche.

ETHEL : Tu es prêt ?

BOBBY : C'est une mauvaise idée...

ETHEL : Peut-être, peut-être pas...

BOBBY : Tu l'as lu ?

ETHEL : Oui.

BOBBY : Et ?

ETHEL : C'est très bien.

BOBBY : Je ne suis pas sûr de la fin, Jackie m'a proposé autre chose, je crois que c'est mieux.

Ethel se détourne.

BOBBY : Attends que je te lise la nouvelle :
« Quand il sera mort.
Prends-le et coupe-le en petites étoiles
Et il rendra la face du ciel si splendide
Que tout l'univers sera amoureux de la nuit
Et refusera son culte à l'aveuglant soleil. »

Ethel le regarde sans réaction.

BOBBY : Shakespeare...Ça va être le moment. Comment je suis ?

ETHEL : *(Réaction instinctive)* À moi !

Ellipse. Ethel est sur scène s'avance pour mettre de la musique, ça ne marche pas.

ETHEL : *(En colère)* Joseph ! David ! Venez ici tout de suite. Vous pouvez me dire ce que vous avez fait au tourne-disque. Il ne marche pas. Et voilà, maman veut écouter de la musique et ça ne marche pas ! Alors ? Ne commence pas à pleurer David ! Tu prends ta mère pour une demeurée, non il n'est pas débranché, il est cass... *(Elle vérifie et elle se rend compte qu'il est débranché),* Allez dans vos chambres.

Ethel s'effondre au sol entre quelques rires et des larmes. Bobby rentre, fatigué. Il porte toujours le blouson de son frère.

BOBBY : Qu'est-ce que tu fais ?

ETHEL : Je ne sais pas.

BOBBY : Comment ça ?

ETHEL : J'ai hurlé sur nos enfants parce que je pensais qu'ils avaient cassé le tourne disque…Il était juste débranché.

BOBBY : D'accord.

Un temps.

ETHEL : Ça ne marche plus.

BOBBY : Je sais.

Un silence.

BOBBY : Je vais prendre des affaires…

ETHEL : Tu ne vas même pas te battre un petit peu ?

BOBBY : Je me bats chaque jour, chaque minute, chaque seconde…

ETHEL : Tu n'es pas le seul à te battre chaque jour, chaque minute, chaque seconde…

Bobby : Tu n'as aucune idée de ce que je vis…

Ethel : Ouais…toi non plus…

Bobby : Allez, c'est bon, ça va j'y vais…

Bobby se dirige vers la sortie.

Ethel : Je ne savais pas que tu étais lâche…

Bobby : Qu'est-ce que ce que tu veux que je fasse ?

Ethel : Je veux que tu te battes ! T'es pas tout seul ! Et moi, je n'en peux plus de ton mal-être.

Bobby : Je suis vraiment désolé d'avoir perdu mon frère !

Ethel : Ah oui tout le monde sait que tu as perdu ton frère. Et maintenant ? Tu peux faire tout ce que tu souhaites, tu as l'argent, tu as l'intelligence, tu as la santé, tu es en vie !

Bobby : Mon rôle était d'aider Jack et j'étais bon à ça.

Ethel : Tu ne comprends pas ? Jack était ce qu'il était parce qu'il t'avait toi !

Bobby : Arrête, tu ne sais pas de quoi tu parles.

Ethel : Ah oui moi, je ne comprends jamais rien ! Mais Jackie par contre…

BOBBY : Ethel, Ethel, il ne s'est rien passé avec elle.

ETHEL : C'est une très belle femme et vous partagez bien plus qu'une amitié, n'insulte pas mon intelligence.

BOBBY : Je ne quitterai jamais les enfants. *(Se reprenant)* Non attends, ce n'est pas ce que je voulais dire…

Bobby rattrape sa femme, elle ne veut pas qu'il la touche.

BOBBY : Je ne veux pas te perdre Ethel.

Elle s'immobilise.

BOBBY : Mais ça fait trop mal…

ETHEL : Alors utilise cette douleur pour construire. Ça suffit.

Un temps.

BOBBY : Je ne sais pas comment faire.

Ethel est émue d'entendre cette phrase. Elle s'approche de Bobby. Ethel fait glisser le blouson de l'armée des épaules de Bobby. Il glisse au sol. « Walk On by » de Bonnie Warwick débute. Ils sortent de scène. Derrière la toile, Bobby et Ethel se préparent, Bobby porte à nouveau sa veste et sa cravate, Ethel change de tenue. Une complicité nouvelle se dessine, celle qui résulte des crises qu'on affronte et qu'on surmonte ensemble. Ethel entre sur scène. La musique disparaît progressivement.

ETHEL : Mesdames et messieurs, j'ai le plaisir de vous présenter le nouveau sénateur de New York, mon mari, Robert Kennedy !

Bobby entre, sa femme recule, leurs mains s'effleurent. Elle passe de la lumière à l'ombre. Bobby a changé, il a une posture d'homme politique. Il débute son discours.

BOBBY : Le PIB ne tient pas compte de la santé de nos enfants, de la qualité de leur instruction, ni de la gaieté de leurs jeux. Il ne mesure pas la beauté de notre poésie ou la solidité de nos mariages…

ETHEL : Je crois que dans la « peine de mort », le mot le plus important n'est pas celui que l'on croit. La mort et la peine doivent être séparées sinon, elle résonne avec l'idée de vengeance. Et la vengeance ne fait pas disparaître la peine.

BOBBY : Le PIB ne prend pas en considération notre courage, notre sagesse ou notre culture. Il ne dit rien de notre sens de la compassion ou du dévouement envers notre pays. En un mot, le PIB mesure tout, sauf ce qui fait que la vie vaut la peine d'être vécue.

ETHEL : Nous sommes très heureux d'être en Afrique du Sud et votre accueil nous touche au-delà des mots que je pourrais ici employer.

BOBBY : Essayez un instant d'imaginer votre confusion, si vous découvrez que dans le royaume des cieux, Dieu est noir.

ETHEL : Toutes les nobles causes doivent être défendues par de nobles voix, et la voix la plus noble est celle du peuple qui s'exprime en prose, en peinture, en poésie ou en musique…

BOBBY : Laissez cette voix s'exprimer – en privé et en public, à la ville et à la campagne, sur les places et dans les cafés – Et le silence que vous entendrez sera la gratitude de l'humanité.

ETHEL : Je crois que le message que mon mari essaye de porter, c'est qu'il n'y a pas de fatalité, quel que soient les épreuves, la violence, la haine, nous pouvons choisir d'être meilleur.

BOBBY : Chaque fois qu'un homme défend un idéal…

ETHEL : où une action pour améliorer le sort des autres ou s'élever contre une injustice…

BOBBY : Il envoie dès lors une petite vague d'espoir…

ETHEL : Et venues d'un million de foyers, d'énergie et d'audaces…

BOBBY : ces vagues forment un courant qui peut balayer les plus puissantes murailles d'oppression…

ETHEL : et de résistance.

Bobby et Ethel remercient l'audience en serrant des mains dans le public avant de quitter la scène. Ellipse. Ethel lit sur le fauteuil. Les enfants sont en train de jouer.

ETHEL : Kerry, lâche ton frère. Heu... Les enfants vous jouez à quoi ? A la guerre du Viêtnam ? Pardon ? Vous jouez les gentils Américains...Il ne faudra pas dire ça à votre papa...Non, c'est plus compliqué que ça. David, si tu étais né au Vietnam, tu ne penserais pas que les Américains sont les méchants. Oui, c'est pour ça qu'on est toujours le héros de sa propre histoire...

Bobby entre.

BOBBY : Bonjour les enfants !

ETHEL : Alors comment s'est passé ton entretien avec le président ?

BOBBY : On ne s'est pas entretué, ce qui est plutôt positif. Johnson croit que je veux me présenter contre lui et que tout ce que je fais n'a qu'un objectif, lui faire perdre la face. Pour lui, je me prends déjà pour le président.

ETHEL : Il a peur de toi parce qu'il sait que tu peux le battre.

BOBBY : Il est complètement paranoïaque.

ETHEL : Et pour le Vietnam ?

BOBBY : J'ai essayé de garder mon calme. Je lui ai dit que nous devions dépasser nos divergences et arrêter cette guerre le plus tôt possible. Il a quand même eu la politesse de faire semblant de m'écouter.

ETHEL : Tu as essayé.

BOBBY : Oui.

ETHEL : Et maintenant ?

BOBBY : Rien. Avec l'élection dans quelques mois, Johnson va être obligé de faire des concessions s'il veut garder sa place.

ETHEL : Nous savons tous les deux qu'il ne sera plus président dans quelques mois.

Silence.

BOBBY : Qu'est-ce que ça veut dire ?

ETHEL : Ah ok, on va continuer à faire comme si l'évidence n'allait pas se produire.

BOBBY : Je ne comprends pas de quoi tu parles.

ETHEL : Je crois que si.

BOBBY : Non, je t'assure.

ETHEL : Alors, je dois rêver.

BOBBY : Si tu as quelque chose en tête, dis-le.

ETHEL : Moi ? Mais rien. Et toi ?

BOBBY : Ne détourne pas la conversation. Tu es têtue.

ETHEL : Comme toi.

Il y a un silence. Bobby est pensif, Ethel le regarde.

BOBBY : Je ne peux pas prendre sa place.

ETHEL : Tu ne prends la place de personne.

Silence.

BOBBY : Et toi ? Qu'est-ce que tu aimerais faire ?

Il y a un temps. Ethel est émue.

BOBBY : Tout va bien ?

ETHEL : Oui, c'est juste que ça fait très longtemps qu'on ne m'a pas posé cette question. *(Elle sourit)* Je crois que j'ai envie d'imprévu.

Ethel et Bobby s'avancent en milieu de scène, elle aide son mari à faire sa cravate.

BOBBY : Tu as remarqué ?

ETHEL : Quoi ?

BOBBY : C'est toujours le même rituel : une nouvelle campagne, une nouvelle cravate.

ETHEL : *(Elle sourit)* Max m'a demandé aujourd'hui comment il devrait t'appeler quand tu seras élu. Monsieur le président ça te va ?

BOBBY : Non, monsieur papa le président, restons informels.

ETHEL : Oui tu as raison.

BOBBY : Il faut déjà convaincre le parti puis le pays en novembre.

ETHEL : Tout le monde est euphorique dans la famille.

BOBBY : Tu sais... *(Il prend les mains de sa femme)* Johnson va probablement essayer de salir mon nom...

ETHEL : *(Sérieuse)* Je sais.

BOBBY : Tu es prête pour ça ?

ETHEL : Oui.

BOBBY : *(Changeant de sujet)* Quelle chance j'ai de battre un président sortant ? Je ne sais pas dans quoi je me suis lancé...

ETHEL : Tu sais exactement dans quoi tu t'es lancé. C'est pour ça que tu vas gagner.

Ethel est assise sur le fauteuil côté jardin, elle écoute une conversation. Bobby est au téléphone côté cour.

BOBBY : Qu'est-ce qui se passe ma chérie. *(Il l'écoute)* Quoi ? Comment ça, un garçon ? Quel garçon ? Hmm, Mais c'est un gros crétin, il ne te mérite pas. Et comment il s'appelle ? Non, juste par curiosité. Ça passera tu sais, il y a d'autres garçons. *(Comme s'il se faisait disputer)* Non, non, je ne dis pas que c'est facile ! Qu'en dit ta mère ? Oui je comprends. Tu peux me la passer ? Je t'embrasse ma puce.

ETHEL : Oui.

BOBBY : C'est le gros drame là.

ETHEL : Il semblerait.

BOBBY : J'ai encore des contacts à la CIA, tu veux que je me débarrasse de ce Steven ?

ETHEL : Bonne idée ! On va passer une soirée entre filles et critiquer le comportement des hommes. Tout va bien ?

BOBBY : Oui, oui. On organise le déplacement à Atlanta. Je vais devoir te laisser.

Ils raccrochent. Ethel se dirige vers une personne du public qui devient Kathleen.

ETHEL : Kathleen ! Tu sais, juste avant de rencontrer ton papa, j'avais le béguin pour un autre garçon. Et, il n'a pas été très correct, mais grâce à ça, j'ai croisé la route de ton père donc derrière un Steven, il peut y avoir quelqu'un de beaucoup plus intéressant. Non, ton papa était très timide alors je l'ai un peu provoqué, on a fait la course au ski. On voulait tous les deux gagner pour se mettre en valeur. Qui a fini premier ? Ça, je ne te le dirai pas…

Bobby entre sur scène avec détermination côté cour, Ethel s'approche depuis le côté jardin.

ETHEL : Tu ne peux pas faire ça, c'est dangereux !

BOBBY : Au contraire, je dois le faire. Si je ne parle pas maintenant, dans ces circonstances, je ferais honte à tous les gens qui m'aiment.

ETHEL : *(Paniquée)* J'ai peur. Il y a trop de colère…

BOBBY : Écoute-moi, quelqu'un m'a dit un jour qu'on pouvait évoluer et qu'on pouvait changer le monde.

ETHEL : Faut pas toujours écouter ce que je dis.

BOBBY : *(Il sourit)* Je vais juste faire un discours, mais si tu préfères, tu peux m'attendre à l'hôtel…

ETHEL : Non…Tu sais ce que tu vas dire ?

BOBBY : J'improviserai.

Le son d'une partie du discours de Bobby Kennedy le jour de la mort de Martin Luther King est projeté. Sur scène, Bobby s'installe sur le fauteuil, il s'endort.

ROBERT F. KENNEDY : « Mesdames et messieurs, j'ai une triste nouvelle pour vous, mais je pense aussi pour tous nos camarades citoyens et pour les personnes qui veulent la paix dans le monde : Martin Luther King a été assassiné ce soir.

Pour ceux d'entre vous qui sont noirs - compte tenu, à l'évidence que des blancs sont responsables - vous pouvez être emplis d'amertume, de haine et de désir de vengeance.
En tant que pays, nous pouvons nous diriger vers une plus grande polarisation - Noirs parmi les Noirs, et Blancs parmi les Blancs, emplis de haine les uns envers les autres. Ou, nous pouvons faire un effort, comme l'a fait Martin Luther King, pour comprendre, appréhender et remplacer cette violence, cette tache de sang qui s'est répandue sur notre terre, par la compassion et par l'amour.

Pour ceux d'entre vous qui sont noirs et sont tentés, face à l'injustice d'un tel acte, par la haine et la méfiance envers tous les Blancs, je peux seulement dire que je ressens dans mon propre cœur le même genre de sentiment. J'ai eu un membre de ma famille tué, même s'il a été tué par un homme blanc comme lui. Mais nous devons faire un effort aux États-Unis, nous devons faire un effort pour comprendre, pour dépasser cette époque difficile. »

Bobby est allongé sur le fauteuil, il dort, Ethel entre, elle est enceinte.

ETHEL : Bobby ?

Bobby se réveille.

BOBBY : Ouais…je crois que j'ai dû m'endormir.

ETHEL : C'est possible, il y a de la bave sur le coussin.

Bobby sourit.

BOBBY : Mais j'ai bien dormi.

ETHEL : Je n'en doute pas.

Elle s'assoit avec lui.

ETHEL : Kathleen voulait t'appeler, mais la ligne était occupée.

BOBBY : Mince, rien de grave ?

ETHEL : Non, tu te souviens de Steven ?

BOBBY : Le petit con ?

ETHEL : Il s'est excusé auprès d'elle en lui disant qu'il aimerait bien la revoir.

BOBBY : Et ?

ETHEL : Elle lui a dit d'aller se faire voir.

BOBBY : Ça, c'est notre fille !

Ils se tapent dans les mains.

ETHEL : On a fait du bon travail avec celle-ci.

BOBBY : Faudra faire le bilan avec les 10 autres aussi.

ETHEL : On a le temps.

BOBBY : je t'ai déjà dit que tu étais une mère incroyable ?

ETHEL : Je le sais depuis longtemps, mais ce n'est pas désagréable à entendre.

La musique « Wonderful World » de Sam Cooke démarre, Bobby entraîne sa femme pour une danse.

ETHEL : Je suis rouillée Bobby.

Leur danse condense toutes les autres, comme un écho à tout ce qu'ils ont vécu. Néanmoins, les pas ne sont plus aussi fluides qu'avant, ils se trompent dans leurs mouvements, mais tout cela les amuse beaucoup. Ils dansent plus proches que jamais. Bobby s'arrête en tenant sa femme dans ses bras.

BOBBY : *(Sérieux)* Tu m'as sauvé tu sais ?

Elle le regarde, touchée et émue. Elle change de conversation, gênée.

ETHEL : Je ne t'ai pas dit, des personnes m'ont interpellée hier. Ils m'ont dit : « on a perdu notre président, on a perdu le docteur King mais mon dieu, il nous reste toujours Bobby ! »

Bobby sourit.

ETHEL : Tu vas être président.

BOBBY : Et comment tu le sais ?

ETHEL : Comme tout le monde : seul un Kennedy peut remplacer un Kennedy.

BOBBY : Tu sais, je crois qu'avant ce soir, j'avais peur de perdre.

ETHEL : Et maintenant ?

BOBBY : J'ai peur de gagner.

Ethel se retourne vers lui.

ETHEL : Et comme toutes les choses qui nous effrayent nous y feront face ensemble.

Bobby prend Ethel dans ses bras. L'écho d'une foule déchaînée se fait entendre et les premiers accords de « Shelter from the Storm » de Bob Dylan accompagnent le public. Bobby semble entendre cette musique irréelle qui vient d'un autre temps comme un signe du destin, c'est peut-être la même musique qu'il a entendue enfant alors qu'il s'était jeté à l'eau. Ethel regarde son mari qui semble déjà ailleurs. Il se retourne vers elle, la regarde et lui sourit. Il quitte la scène pour la dernière fois. La musique s'arrête soudainement, Ethel est seule sur scène. Elle se tourne vers le public.

ETHEL : Après John F. Kennedy et Martin Luther King, Bobby est assassiné le 5 juin 1968. J'étais alors enceinte de notre 11e enfant. Un homme lui a tiré dessus dans les cuisines de l'hôtel Ambassador à Los Angeles alors qu'il saluait le personnel. Son corps fut ramené à Washington pour être enterré à côté de son frère. Pendant ce voyage, je n'étais pas la seule à lui dire adieu.

Les photos de Paul Fusco retraçant le parcours du train qui ramène le corps de Bobby à Washington apparaissent en projection.

Il m'a montré quelque chose de précieux : on peut s'améliorer, on peut se servir des épreuves pour évoluer.

Mon mari était un homme bien, pas parfait. Il a polarisé toute la lumière et je suis restée dans l'ombre.

Je suis toujours en vie et il y a une phrase que je ne peux pas oublier et qui me réveille encore la nuit. Quand on a tiré sur mon mari, j'ai eu le temps de me précipiter vers lui. Il a juste posé une question avant de tomber dans le coma : « Est-ce que tout le monde va bien ? »

FIN